绿街行

崔星尧 著

中国海洋大学出版社
·青岛·

图书在版编目(CIP)数据

绿街行 / 崔星尧著. —青岛：中国海洋大学出版社, 2015.6

ISBN 978-7-5670-0921-9

Ⅰ.①绿… Ⅱ.①崔… Ⅲ.①诗集－中国－当代②散文集－中国－当代 Ⅳ.①I217.2

中国版本图书馆CIP数据核字(2015)第145106号

出版发行	中国海洋大学出版社			
社　　址	青岛市香港东路23号	邮政编码	266071	
出 版 人	杨立敏			
网　　址	http://www.ouc-press.com			
电子信箱	coupljz@126.com			
订购电话	0532－82032573(传真)			
责任编辑	于德荣	电　　话	0532－85902505	
印　　制	日照日报印务中心			
版　　次	2015年7月第1版			
印　　次	2015年7月第1次印刷			
成品尺寸	144 mm×215 mm			
印　　张	6.625			
字　　数	115千			
定　　价	25.80元			

序

杨守森

在上世纪50～80年代，有一批来自工农业生产第一线的诗人曾活跃于山东诗坛，崔星尧先生就是引人注目的一位，他的不少作品，曾被收录入山东人民出版社出版的《风笛长啸》、《幸福泉》、《泉城激浪》、《山东三十年短诗选》，华艺出版社出版的《山东诗人诗歌集》等诸多诗歌选本。这位毕业于青岛铁中，自50年代就开始发表作品的诗人，因一直在铁路部门工作，诗歌创作也就与火车结下了不解之缘。他的诗，常以火车、铁路、汽笛、司机、司炉、巡道工、广播员、列车员、扳道员、调度员、装卸工、养路工、调车场、货场、信号灯为主体意象，甚至小件行李暂存处、站台售货亭、车站问事处都成为他托物言志之"物"，或借景抒情之"景"。

在这些诗中，作者从自己的切身体验与感悟出发，以饱含情感的笔触，赞美了祖国日新月异的建设成就，歌颂了中国人民在新时代的精神风貌。在他笔下，我们会看到，山东半岛的胶济铁路，是一条美丽的彩练，"一端拴住天下的名泉,一端系着幽美的港湾"(《胶济铁路》);调车场上,"汽笛,南唱北和,东呼西应/信号,红绿黄蓝,结成彩虹"(《调车场上》);在他的诗中,常见的是"随着车身轻盈地颤动","在车厢里来来回回,忙碌不停","日日夜夜,伴随旅客奔赴锦绣前程"的列车员(《列车员》),以及那"声音里蕴藏着巨大的力量"的信号员(《喊信号》,那"笑纳天南地北的乡音"售货亭的售货员(《站台售货亭》)之类人物剪影。在这些引人遐思、动人情怀的诗境中,透射出的是共和国的历史上曾经有过的充满激情、乐观与自信的时代光彩,这些激动人心的时代光彩,也许只有过来人才能更为深切地体味到。

　　尤为值得欣赏的是,在曾经不乏阶级斗争火药味的时代背景中,作者能够以超逸的目光,在现实生活中捕捉人间关爱的美好情怀。在一般人看来,处于火车站一角的小件行李暂存处,大概是说不上多少诗意的,而诗人正是基于自己的独特视角,写下了这样深情的诗句:

>　　接过来的是信任,
>　　递出去的是方便,
>　　无须过多的言语,
>　　全写在一张甜甜的笑脸。
>
> ——《小件行李暂存处》

　　对这样一类人间温馨情感的赞美,亦常见于诗人别

一些题材的作品,如那首《采桑子·蜗居北大槐树51号院》:

> 初来省城居难觅,
> 茅屋半间,
> 油灯一盏,
> 门窗四壁不挡寒。
>
> 檐下众邻如一家,
> 不似亲眷,
> 胜似亲眷,
> 百家姓里皆有缘。

相信经历过那个年代的读者,面对这样的作品,都会唤起自己的美好回忆。在我们的历史上,虽曾有过物质生活匮乏的艰难,以及时代波澜搅扰的不安,但正如作者所抒写的,人与人之间"不似亲眷,胜似亲眷"的相互关爱,亦曾是令人向往的社会风尚。读着这样的诗篇,自然也会叫人想到,当今时世,由于商业主义思潮的影响,物欲的泛滥,这样的人间真情已遭到了侵袭。对此,作者在1993年创作的组诗《刺玫瑰》中亦所讥讽:"一顶顶时髦桂冠/一个个显赫头衔/递出去,一张笑脸/接过来,心中盘算"(《名片》)"酒逢'关系'千杯少/有缘才在桌上来相会"(《酒宴》)。正是与这样一种世风的变迁相比,读者会益发感到诸如《小件行李暂存处》、《采桑子·蜗居北大槐树51号院》这类作品的可贵之处。这类作品,不仅会给人以人性的纯化与陶冶,亦会在心灵深处,触发如何才是人类社会的理想,怎样才是真正的文明与进步之类的追问与思考。

在艺术方面,崔星尧先生的不少诗作,亦别具风姿,自呈特色。一些原本为人熟知的物象,经由诗人的想象创造,而奇异了,迷人了。如他笔下的列车:"像放风筝的/孩子一样/不停地,抽着长长的银线/太阳,被越放越高,越放越远"(《列车从青岛出发》)。在"火车—孩子,太阳—风筝,铁路—银线"这样独特的意象组合中,呈现出的是一个虚实相生,清新而又高阔的诗意空间,从中见出的是真正属于诗的想象智慧。

此外,他的诗,更多吸取了中国古典诗词的营养,读来既清新明快,朗朗上口,又质朴雅致,意味浓郁。如他在《回望》一诗中这样写出了童年时代的艰辛:

娘亲炉前撑日月,
祖母磨道追毛驴。
童心叫卖锅饼好,
为赚麸皮充肚腹。

在《夕照归帆》一诗中,这样描写了薄暮时分的海滨风光:

> 一二朵紫云在船边轻飘,
> 三四只海鸥在桅顶盘旋,
> 五六个孩子在浅水嬉戏,
> 七八枚贝壳在海滩闪闪。

  前者散射出的是中国古代诗词的光泽,后者则不无元人散曲的韵致。与当今诗坛上颇为常见的故弄玄虚,卖弄技巧,实则内容空泛的诗作相比,这样一种朴实真切,更具民族传统意味的作品,无疑才更让人喜闻乐见。

  作为一位业余诗人,崔星尧先生的作品虽然不多,但令人敬重的是,他是在繁忙的本职工作之余,以纯净的诗心、真诚的追求、执着的探索,以及独到的创造,为中国当代新诗的繁荣与发展,贡献了自己一份力量的。

2015 年 4 月 20 日于山东师大文学院

自 序

本书是我从多年来发表在各地报刊中筛选出的部分作品,是以铁路题材为主,多种题材兼容的诗歌散文集,故以"绿街行"做书名。

初选时选了100首讴歌绿街及绿街上所产生的人和事,不分辑,一览到底。选好后通读了几遍,觉得调子单一,色彩不够多样。尽管从多角度、多侧面加以描写,但总离不开汽笛、绿灯、奔驰的列车。再三斟酌,撤掉了大部分铁路题材的作品,并把保留的这部分作为第一辑,定名为"绿色畅想"。增加了"蓝色遐思"、"彩色追梦"和"多彩人生"三辑,仍为100首。

这样虽然色彩多样,调子和谐,但又怕冲淡了"绿街"这一主题。又做了多次选择,最后认为还是多题材好,后加的三辑不但不会冲淡主题,更加衬托了"绿街"这一主题,第一辑与后三辑是红花与绿叶之间的关系。

第二辑"蓝色遐思"只有五首描写大海壮观景色的,初读有些单薄,细思虽少而厚重。从"海上日出"入手,到天气突变,雾锁海面,再到云消雾散,"夕阳煮海"、"夕照归帆"，又到"月夜涛声"。整整24个小时一昼夜的轮回，整个一天的海上风光一览无余，也就够了。

第三辑"彩色追梦"是一辑多角度、多层面的社会现象的反映，既有追思伟人的，也有社会风情的，又有赞美城市的，再有鞭挞不良现象的等等，总之涵盖面较广。

第四辑"多彩人生"，是我亲历的一些事情的记录选编，未曾发表。在整理编选之后，为了留作记忆，也纳入进来。

第五辑"散文寄情"，为了结集方便把五章散文诗也放在这里，按说应当和诗歌在一起。

第一辑是按内容排序的，并在最后选取了一首短诗《路》，与开篇第一首《绿街》前后照应，突出"绿街"特色。其他几辑均以发表时间为序。

由于时间跨度长，加之我对手稿和发表稿保存不善，也未曾想要结集成书。在整理时难度较大，一时难以找全。这也算是对写作历程的回顾和小结吧。如果身体条件好，我将继续整理，再结集成书。

著名学者、山东师范大学教授、博士生导师杨守森先生为本书写序，并给予具体指导，表示真诚谢意。对多次劝我结集成书的朋友，特别是宋广平先生曾经主动提出帮我打字亦表示真诚谢意。

崔星尧

2015年4月

绿 街 行

第一辑　绿色畅想

第二辑　蓝色遐思

第三辑　彩色追梦

第四辑　多彩人生

第五辑　散文寄情

目 录

第一辑 绿色畅想

绿街 …………………………………………… 3
胶济铁路 ……………………………………… 6
兖石铁路 ……………………………………… 8
火车头 ………………………………………… 12
调车场的灯光 ………………………………… 13
汽笛 …………………………………………… 15
调车场之夜 …………………………………… 17
汽笛催春 ……………………………………… 19
迎着朝阳飞奔 ………………………………… 21
南去的列车 …………………………………… 23
列车从青岛出发 ……………………………… 25
绿色通道 ……………………………………… 27
火车头进行曲(组诗) ………………………… 29
龙腾虎跃 ……………………………………… 34
汽笛报捷 ……………………………………… 36

货场春色……………………………………… 40
冬来春不退……………………………………… 43
济南火车站风物志(二首)……………………… 45
车站风情(三首)………………………………… 47
黎明
　　——兖石工地速写…………………………… 50
道路从这里延伸………………………………… 52
雨中架桥………………………………………… 54
红旗招展十五年(朗诵诗)
　　——献给孙家养路工区……………………… 56
震不垮的战斗集体(朗诵诗)…………………… 60
喊信号…………………………………………… 63
车站两端的信号………………………………… 64
司机……………………………………………… 66
司炉……………………………………………… 68
巡道工…………………………………………… 69
广播员…………………………………………… 70
列车员…………………………………………… 71
扳道员…………………………………………… 73
调度员…………………………………………… 74
装卸工…………………………………………… 75
养路工…………………………………………… 76
路………………………………………………… 78

第二辑　蓝色遐思

海上日出 …………………………………… 81
雾天观海 …………………………………… 83
夕阳煮海 …………………………………… 85
夕照归帆 …………………………………… 87
月夜涛声 …………………………………… 89

第三辑　彩色追梦

如今春节乐无边 …………………………… 93
车床开动一阵风 …………………………… 94
耕种 ………………………………………… 95
集合 ………………………………………… 96
捡鸡蛋（儿歌） …………………………… 97
夜探"万宝山" ……………………………… 99
喜望丰收追肥忙 …………………………… 101
荒滩变成米粮川 …………………………… 102
第一镰 ……………………………………… 103
卖余粮 ……………………………………… 104
冬耕 ………………………………………… 105
飞车奔城郊 ………………………………… 106
书记到食堂 ………………………………… 107
青春的火花
　　——雷锋同志赞 …………………… 108

手之歌 ……………………………………………	110
献给五星红旗的歌 ………………………………	113
翠柏挺拔 …………………………………………	115
汽笛声声 …………………………………………	117
祖国在召唤 ………………………………………	119
我庄重地捧起新宪法 ……………………………	121
姑娘啊,末班车司机 ……………………………	122
泉城风采(二首) …………………………………	124
朋友,祝你幸福 …………………………………	127
春夜,我漫步在泉城大街 ………………………	129
石臼港初识 ………………………………………	131
刺玫瑰(五首) ……………………………………	133
拜年 ………………………………………………	140
走进春天 …………………………………………	142
问道光(朗诵诗) …………………………………	144
血浓于水(朗诵诗) ………………………………	147
共和国同龄人 ……………………………………	150
放飞春天 …………………………………………	151

第四辑 多彩人生

蝶恋花·团圆 ……………………………………	155
采桑子·蜗居北大槐树51号院 …………………	156
清平乐·读私塾 …………………………………	157
长相思·怀旧 ……………………………………	158

浪淘沙·开火车 …………………………………… 159
卜算子·青岛铁中 ………………………………… 160
手足情 ……………………………………………… 161
七十七岁生日感怀 ………………………………… 162
蝶恋花·高密东关小学从教 ……………………… 163
回望 ………………………………………………… 164
采桑子·赴滨州探望胞妹感怀 …………………… 166
采桑子·住院感怀 ………………………………… 167
浪淘沙·朋友 ……………………………………… 168
采桑子·贺爱妻鞠玉芳八十华诞 ………………… 169
望江南·思乡 ……………………………………… 170

第五辑　散文寄情

飞奔吧,火车头……(散文诗) …………………… 173
四季人生(散文诗四章) …………………………… 175
车轮滚滚 …………………………………………… 179
孙女 ………………………………………………… 185
老伴 ………………………………………………… 187
悠扬的号子声 ……………………………………… 189

第一辑

绿色畅想

绿　　街

绿葱葱，
惹人爱，
欲滴翠，
醉心怀，
晶莹透明无尘埃，
神州一条街。

万山磐石来奠基，
千里黄土筑路台，
一行杨柳一行槐，
分列左右排成排。

绿树簇拥衬绿灯，
绿灯添光彩；
绿灯璀璨映绿树，
绿树春常在。

绿色的信号穿成串,
绿色的灯光放异彩,
绿色的希望在招手,
绿色的信念飞起来。

绿色的汽笛放歌喉,
绿色的列车好气派,
气宇轩昂绿街上走,
改革的大旗迎风摆。

绿街绿,街绿街,
绿色的心潮多澎湃,
祖国钢铁大动脉,
脉搏稳健多豪迈。

纵贯南北跨江河,
横贯东西携大海,
密如蛛网巧衔接,
城镇乡村连起来。

穿起来,
连起来,
似锦缎,
缀玉玳,

人杰地灵神州美，
　　　物华天宝映绿街。

1983年春写于济南，原载1986年10月23日《铁道工人报》。

胶济铁路

是谁抛出一条彩练,
雕琢的工艺如此精湛,
两条银线穿一串宝石,
宝石上镶嵌着金环银环。

环扣上缀满红灯绿灯,
光彩夺目,晶莹璀璨。
一端拴住天下的名泉,
一端系着幽美的港湾。

为此,港湾敞开宽阔的胸怀,
扬起伟大民族崛起的征帆,
为此,泉水拨动铮铮的琴弦,
奏出古老中华振兴的信念。

啊,彩练——流金溢彩的胶济铁路,
啊,宝石——珠光闪闪的大小车站,

为赞颂这携港拎泉的彩练,
我的诗正从济南出发,奔向胶州湾。

1982年3月写于济南,原载1983年第5期《海鸥》文学月刊。

兖石铁路

祖国,精心构思
在绣着山水图案的一匹
锦缎上写下
意境清新的诗篇

气势之豪放
称千古诗人之最
风度之浪漫
为举世诗坛之尊
一首诗篇
三百零八行[注]
首句以古城
兖州开篇
诗的结尾投进
富庶、古朴的
石臼港湾

曲阜、泗水、平邑
费县、临沂、莒南
连同世代沐浴
朝辉的日照
在诗行中也都
赋予了新的诗韵
作了时代的渲染
成为闪光的佳句
鲜明、生动、盎然

问蒙山
你可听见
汽笛声声祝愿
问沂河
你可看见
车轮滚滚生烟
沂蒙啊
你可晓得
汽笛和当年的
号角是一个旋律
火车轮和小车轮
是两个同心圆
铁路是小车轱辘
辗出辙印的伸延

蒙山,依然是
巍巍的蒙山
但多了自信
多了尊严
带韵的林涛
和着汽笛回旋
蒙山
——年轻了

沂河,依然是
清澈的沂河
但多了骄傲
多了刚健
含情的浪花
追着列车撒欢
沂河
——年轻了

沂蒙啊
你张开一双
钢铁的手臂
用地球深处压缩的热能
蘸着石臼港湾的墨汁

续写造山运动新的史篇

注:兖石铁路全长308公里。

1984年6月写于临沂、石臼所,1985年夏改于济南,原载1985年10月8日《铁道工人报》。

火 车 头

力气,是生活天体的
一颗恒星
来自千条万条中枢神经

火车头的力气是生动的
水与火在腹中进行谈判
是合资经营
还是相互竞争
诚然
谈判本身就意味着斗争
水与火岂能相容

水与火这出悲壮
而永恒的喜剧
在特定的舞台上
演出愈生动
才愈能推进历史的进程

1988年春写于济南,原载1988年第8期《黄河诗报》。

调车场的灯光

调车场的灯光,
光源来自哪里?
是银河落地,
还是深邃的眸子?
是水电站的飞瀑,
还是晶莹的汗滴?

色泽鲜艳绚丽,
光波清澈透底,
用改革的色彩组成,
蓄满创新的诗意。

你在调车场上值勤,
为四化把力量调集,
信念在你眼神里闪烁,
意志在你光波里显示。

你用不同颜色的光束,
履行你神圣的天职,
让一节节车厢手拉着手,
组成团结前进的集体。

调车场上龙腾虎跃,
灯光啊,形态多姿!
调车场的灯光,
光源来自哪里?

1982年春写于济南,原载1985年3月21日《铁道工人报》。

汽　　笛

汽笛，
——什么甘露滋润你？

是沸腾的锅炉，
还是春夜的雨丝？
是闪亮的汗珠，
还是喷泻的蒸汽？

声音洪亮清晰，
嗓门高亢有力，
音调准确刚毅，
气势所向无敌！

进军的号角，
战斗的武器，
搏击风云，
震天撼地。

为前进列车开路,
英勇顽强,无畏无私,
党指向哪里,
你就向哪里出击。

你在多拉快跑的机车上,
站在高处,展眸万里,
激励着浩浩荡荡的大军,
奋战在社会主义建设阵地。

啊,汽笛,
——什么甘露滋润你?

1975年4月写于济南,原载1975年5月1日《铁道工人报》,选入1977年山东人民出版社诗集《风笛长啸》。

调车场之夜

灯的山,
灯的海,
十里调车场,
用灯连起来。

只听得——
灯山深处汽笛鸣;
只看见——
灯海里面列车来。

不夜的调车场,
物资的传送带,
车辆穿梭忙,
机车吐云霭。

条条钢轨铺大地,
火车头奋力拉重载,

拉重载呀多豪迈,
穿云破雾朝前开。

鞍山的钢锭山西的煤,
兴安岭运来的栋梁材,
一排排油罐列成队,
争先恐后要调派。

一趟满载列车刚开走,
十趟超重列车又驰来,
祖国建设跨骏马,
调车场就是调兵遣将台!

1972年秋写于济南,原载1973年第2期《山东文艺》文学月刊。

汽笛催春

汽笛震碎了雪片，
车轮卷走了严寒，
汽笛声声催春到，
心头春潮翻。

快加几锨煤，
紧抹一把汗，
加大马力，
奋勇向前。

站在车头往前看，
山青水绿蓝天宽，
祖国山河铺锦绣，
春色满人间。

猛拉汽笛朝前走，
快马还要再加鞭，

康庄大道上任驰骋，
　　列车驶进一个明媚的春天。

　1972年春写于济南，原载1972年第1期《山东文艺》文学月刊，选入1974年山东人民出版社诗集《幸福泉》。

迎着朝阳飞奔

我们迎着晨曦飞奔,
列车像一艘乘风破浪的巨轮,
飞驰在一望无际的禾海,
绿海荡起层层波纹。

禾海上浮游着队队担肥姑娘,
扁担颤颤恰似大雁摆阵,
张张笑脸像美丽的红帆,
帆帆鼓满青春的彩云。

绿海航道上马铃声脆,
禾浪峡谷中车轮滚滚,
赶车人披着一身红霞,
车车装满社员的赤心……

突然,万道金光迎面扑来,
社员们把太阳托出地心。

朝阳下初秋的原野金灿灿,
千里沃野是聚宝盆。

我猛将汽笛一拉,
漫山遍野响起回音,
像高昂的合唱"东方红……"
啊,我们这里正是早晨!

早晨——
我们飞车米粮川,
早晨——
我们迎着朝阳飞奔!

1963年5月8日写于济南,原载1963年8月29日《铁道工人报》。

南去的列车

飞转的车轮啊,雷挟电裹,
雄浑的汽笛啊,喷恨吐火,
祖国的领土不可侵犯,
民族的尊严岂能凌虐!

一路上扬旗起落,绿灯闪烁,
像明亮的眸子深沉地诉说:
快,快快跑啊,南去的列车,
你肩负着祖国的期望,人民的重托。

活着的黄继光在列车上招手,
不死的董存瑞乘列车去爆破,
新一代人民英雄威震南疆,
打破了第三军事强国的邪说!

我们运往前线的——
反击的力量,正义的怒火,

我们载回祖国的——
　　胜利的捷报,明媚的春色……

1979年3月写于济南,原载1979年4月19日《济南日报》。

列车从青岛出发

一声汽笛
列车把太阳牵出海面
湿漉漉,红艳艳
火球一团

车轮和太阳是两个同心圆
一个拖着历史迅跑
一个恪守宇宙表盘
牵引历史的一步一重天
恪守表盘的周而复始回旋

列车,像放风筝的
孩子一样
不停地,抽着长长的银线
太阳,被越放越高,越放越远

列车,喘着粗气奔驰不息
太阳,流着热汗拼命追赶
列车和太阳的距离越拉越远
太阳,被羞得红了脸

列车,徐徐开进济南车站
一松手
太阳,一头钻进趵突泉

1982年夏写于高密,1984年秋改于济南,原载1984年12月1日《大众日报》。

绿色通道

绿色的思维
绿色的步伐
绿色的速度
绿色的年华

编织一条绿色通道
郁郁葱葱生机勃发
牵引着大市场
一路高歌扬鞭催马

同日月并轨
与快捷和弦
换上跨世纪的车轮
甩掉羁绊的锁枷

经线纬线四通八达
东南西北城乡对话

赶路的风风火火
搭乘的上上下下

城间对开
朝发夕达
拉近了两地距离
缩小了城乡之差

两行绿树频招手
一串绿灯放光华
汽笛声声赞提速
引来了万里铁道
千帆竞发……

1998年9月20日写于济南，原载1998年11月19日《济南铁道报》。

火车头进行曲（组诗）

调车场上

汽笛，南唱北和，东呼西应，
信号，红绿黄蓝，织成彩虹，
车辆，甩挂连结，往来穿梭，
列车，开出开进，豪迈威风。

繁忙的调车场，四化的点将台，
各路建设大军，在这里集结、出征，
来自地球深处的煤炭，冒着热气，
去往钢城的矿石，喷着火星。

那滔滔油浪哟，汇成条条"油龙"，
正昂首翘尾，等待着出发的命令，
拖拉机没下火车，就备好战鞍，
憋足一身劲，要去千里沃野闹春耕。

开车之前

机车,昂首挺胸,抖一身威风,
车厢,队列整齐,好一派阵容,
钢轨,闪烁银光,承担起时代重任,
信号,穿云破雾,指引着万里征程。

开车之前,气氛何等热烈镇定,
准备出发,情绪这般高昂欢腾,
滚滚沸水,包含着乘务员一股干劲,
熊熊炉火,辉映着建设者满腔豪情。

绿灯闪亮,汽笛长鸣,
列车开动,车轮生风,
这时啊,又有多少座高炉飞泻红瀑?
此刻啊,又有多少个矿井献出热能?

列车飞奔

列车迈着坚实的脚步,
汽笛把滚烫的誓言喷出:
当好四化建设的排头兵,
句句铿锵有力,震响平川山谷。

看气势,壮志撼山山无阻,
听声音,豪情漫地地擂鼓,
趟趟列车,驶向北京,又从北京开出,
拉着社会主义向新的里程奔突。

争分夺秒

一路滚风雷,一路卷云烟,
一路燃烈火,一路在呐喊,
一路上,汽笛昂扬歌声高,
一路上,车轮飞转斗志坚。

汽笛鸣,催开万朵钢花竞争艳,
车轮转,激起千顷煤海掀波澜,
多少台机器乘坐火车走南北,
多少口油井油泉喷涌在呼唤。

一处汽笛鸣,八方笛声连,
八方春潮急,潮随车轮卷,
快添煤,甩碎汗珠催炉火,
猛加速,快马还要再加鞭。

乘务归来

握汽门的手,还在发烫,
挥铁锹的臂,还映着火光,
汽笛把超产的捷报传给车站,
一趟列车正点开进调车场。

一腔热血,同锅炉的沸水一样,
满身干劲,正鼓得骨节作响,
怎能离开啊,我亲密的火车头,
无奈何,接班的同志已坐在驾驶台上。

1976年11月写于济南,原载1977年第1期《济南文艺》,选入1977年山东人民出版社诗集《风笛长啸》。

龙腾虎跃

灯山,旗海,信号闪烁,
人欢,笛鸣,车辆穿梭。
沸腾的机务段啊,
似江河奔腾,像大海扬波。

这里,处处充满着光和热,
这里,回响着大干快上的歌,
这里,跃进的鼓点紧擂,
这里,捷报频传,新人新事多!

捷报迎来凯旋的机车,
昂首阔步,豪气壮山河,
"二七"斗争的传统放光彩,
汽笛的旋律出自《国际歌》。

那高大的"水鹤",
迅速摆动它那特有的长脖,

咕嘟嘟,喷出清泉,
为汽笛润嗓,为锅炉解渴。

巍然屹立的煤塔,
张开大嘴,顾不得闭合,
唰啦啦,吐出热能,
为火车头添光加热。

一台台高歌猛进的机车,
满腔壮志化烈火,
车厢手拉手,脚跟脚,
步调一致,无比团结。

好一幅跃进的宏伟画卷,
好一曲大干快上的歌,
歌名,画题——都叫:
《龙腾虎跃》!

1974年10月29日写于济南,原载1974年11月10日《大众日报》,选入1977年山东人民出版社诗集《风笛长啸》。

汽笛报捷

汽笛张开矫健的翅膀,
衔着捷报,
直上蓝天。
信号闪着机敏的慧眼,
含着喜讯,
快速递传。

啊,今日的信号
——分外娇艳,
是在回首
二百个不眠的夜晚?
啊,今日的汽笛
——分外雄浑,
是在运筹
向安全年进军的起点!

司机抖擞精神,
没离征鞍,
那锐利的眼神,
把迷障射穿。

信号工撒出
绿色宝石一串,
一条绿街,
璀璀璨璨。

巡道工远征的步伐,
不停地伸延,
做一颗铺路石子,
是他永恒的信念。

调车场
——沸腾的港湾,
调车员
——矫健的海燕,
严寒酷暑
练就一身武艺,
车辆乖乖
听从调遣。

车辆大夫
——检车员,
望闻问切,
细心诊断,
不放事故车
带病上前线。

就是他们:
十二万铁路职工,
十二万创业好汉,
日夜拼搏
运输第一线。
在他们身上,
年节假日
不悠闲,
在他们心上,
白天黑夜
没界限。
地球转,
车轮转,
日赶月,
月赶年,
四月二十二日,
安全二百天。

是终点,
是起点,
十二万颗心,
一起跳动,
站在新的
起跑线。
心音和着汽笛
表达心愿:
夺取安全年!

1984年4月写于济南,原载1984年4月26日《铁道工人报》。

货场春色

车站的货场,
胸怀宽广,
装得下南江北岭,
盛得开矿山工厂。

这是一个光彩绚丽的画廊,
辉映着社会主义祖国的无限春光。
这是一部彩色纪录影片,
片名叫《伟大祖国蒸蒸日上》。

这里,机声隆隆,
这里,汽笛欢唱,
这里,车辆穿梭,
这里,歌声嘹亮。

成队的马群,
膘壮的牛羊,

那白云覆盖的草原,
牵上银幕般的货场。

那欢悦的鱼苗,
画出了波光粼粼的江南水乡。
那喷香扑鼻的鲜果,
展现出花果滴翠的山庄。

整车待运的粮山棉岭,
显现出丰收景象。
在金山银岭的下面,
一代知识农民茁壮成长。

龙门吊托起飞架彩虹的钢梁,
钢梁下映衬出冲天炉的火光,
火光里万丈红绸飞泻,
红绸旁炼钢工人在大干快上。

油龙牵来了茫茫的油田,
钻塔举起钻杆把画笔充当,
在祖国锦绣山河的画卷上,
千万条石油河里翻巨浪。

这刚刚卸下的煤炭,

正散发着浓郁的清香,
这说明地球深处,
正在打一场夺煤硬仗……

啊,车站的货场,
祖国金色的画廊,
条条钢轨像彩色的长桥,
一直伸延到毛主席身旁。

1974年秋写于济南,原载1975年2月10日《铁道工人报》。

冬来春不退

雁南归,
黄叶飞,
缕缕青烟伴晨雾,
阵阵北风吹。

机务段,
景致美,
车披盔甲人操练,
冬来春不退。

人结群,
车成队,
火线练兵战严寒,
日夜显神威。

车轮飞,
笛声脆,

扬鞭直驱津浦线,
红旗映光辉。

1961年11月3日写于济南,原载1961年11月15日《铁道工人报》,并获该报年度诗歌一等奖。

济南火车站风物志(二首)

钟　　楼

你虽然不具备生命的价值,
却为一切生命耗费心机,
珍惜每个生命用分秒计算,
然而又毫不留情地把时间向前推移。

你郑重宣告人生的基本哲理,
光阴宝贵,生命有限,年华应珍惜,
用滴答滴答的钟摆声响,
记数着人在生命途程中流逝的血滴。

滴答的钟摆啊,在叩击着同胞的脉搏,
旋转的表针啊,在统一着朋友的步履,
汽笛和钟声发出一个共同的音韵,
列车飞奔向预定的目的地。

天　桥

头上没有追逐嬉戏的喜鹊,
脚下没有彩虹抛出的花环,
王母娘娘也没有用金簪划一条天河,
你却是真正的天桥,横跨蓝天。

"七七"相会在这里不受限制,
"牛郎"、"织女"可以天天相见,
开拓者,由此踏上征途,
凯旋者,由此胜利回返。

1983年12月写于济南,原载1984年《工人艺苑》文学月刊第1、2期合刊。

车站风情(三首)

小件行李暂存处

接过来的是信任,
递出去的是方便,
无须过多的言语,
全写在一张甜甜的笑脸。

站台售货亭

笑纳天南地北的乡音,
传递四季应时的爱心,
追着急匆匆地脚步,
过客带走真诚一份。

车站问事处

一份会说话的地图,
一本导航式的旅游指南。

一架北京时间大钟,
一张百问不烦的笑脸。

一句善意的提醒,
一个温馨的祝愿。

1963年1月5日写于济南,原载1963年1月18日《铁道工人报》。

黎 明

——兖石工地速写

黎明静悄悄
木板搭起的几排
活动房屋
静静地,躺在
沂蒙山的怀抱
在梦的王国里
绘画憧憬的素描

一位年轻的妇女
她,来自遥远
踏着延伸的钢轨
来到九岭十八坡的
兖石铁路
踩着梦的舞步
挽着小溪的手臂
在洗涤满是油渍的衣帽

一颗妻子特有的心

强烈地摇撼着
丈夫的情操
孩子已背上书包
但没见过爸爸的容貌
这次,她带来了娇子
顾盼的微笑
连同妻子的思念
和公婆悬念的絮叨

妻子啊,一条扁担
在执拗的双肩上挑
一头挑起丈夫
筑路的脚印
一头挑起家庭
——组成社会的细胞

不信吗
请听,汽笛的
震荡波里
正在播放筑路工
妻子的功劳

1984年6月写于临沂、石白所、长岛,改于济南,原载1984年12月29日《铁道工人报》。

道路从这里延伸

沂蒙山幽深、莫测
静寂的怀抱中
流溢出一个喧闹的神奇
拔掉蒿草
砍伐树枝
种植一个压缩的
道路的阶梯

钢轨的线谱
道钉的音符
排列在规则、整齐
轨枕的琴键上
十字镐热情而焦急
和道钉亲吻的甜蜜
一次次和欢
一回回分离
一曲曲钟情的奥秘

龙门吊挽起手臂
把轨排高高吊起
平板车忍受着重压
把这些浓缩的道路驮起

这里是汗水和智慧
搅拌的世界
道路延伸的基地
足迹用密写法,印在
钢轨上,道钉间
和阶梯一样的轨枕里
用汽笛的显影液擦拭
将影印出一条
没有荆棘
没有污泥的
坚实的铁路

1984年初夏写于临沂至长岛,1986年春改于济南,原载1987年《诗歌、散文、报告文学选》。

雨 中 架 桥

轨道吊噙起一架预制桥梁
慢慢地向河边滑去
桥头上严峻,谨慎
迸射目光的交织
沂河两岸雨茧在抽丝
河岸与蓝天
溶解在浓重的雾液里
一片孤寂
醉醺醺的风透湿

吊臂摇晃不息
梁身失去了平衡
目光错了阵脚
乱了构思

工程师和技术员,断然
切断柔韧的雨丝

架桥工奋力挡住
醉倒的风墙
轨道吊伸出了长臂
举起力与智的旗帜

风茫然了
雨失意了
一道彩虹飞起

1984年初夏写于临沂至长岛,1986年春改于济南,原载1987年《诗歌、散文、报告文学选》。

红旗招展十五年（朗诵诗）

——献给孙家养路工区

大郑线上冰封千里，
地冻三尺，
路基凹陷、突起；
大郑线上飞沙走石，
黄沙漫卷，
淤塞路基；
大郑线上暴雨滂沱，
道床冒泥，
荒草铺地……

十五年前，硝烟未熄，
你们带着党的信任来到这里。
你们——孙家工区职工，
像春天的杨柳，
在这里，
扎根、发芽、抽枝；

你们——孙家工区职工,
更像高山岩石之松,
在这里,
接受了风沙雨雪的洗礼。

你们,把十公里铁路,
铺在自己心里。
面对着这样个"烂摊子",
不畏惧,没泄气,
你们,把困难记在心里,
但,不把它看在眼里。
依靠党,
依靠十八个工人兄弟,
十五年如一日,
十五年没歇一口气,
用愚公移山的英雄气概,
刻苦钻研的坚毅志气,

移沙丘,营造防风林,
灭荒草,路肩垫碱土,
除冻害,路基换土质……
牵着老天爷的鼻子走,
彻底改造了线路十公里!

在十公里线路上,
磨破了多少双鞋底?
又洒下了多少汗滴?
你们毫不可惜!
然而,对一钉一木,
一块石碴、一寸铁丝……
都看在眼里,
爱在心里。
勤俭办企业的精神,
在你们的心田中牢固树立。
十五年来,
处处以高标准要求自己!

在孙家工区,
在每个人的心里,
蕴藏着一个宏伟的理想,
一个巨大的天地。
你们,站在工区门口,
看得见毛主席,
站在线路上,
看得见全国各地。
十八颗工人兄弟的心,
沿着这条钢铁的道路,
和六亿人民连在一起。

每当列车从身旁驶过,
你们就看见,
社会主义的大厦,
在节节升起!

如今,
大郑线上冰冻低头屈膝,
路多平啊,
道多直!
大郑线上风沙失去威力,
风沙败在英雄脚下,
杨柳舞起绿枝!
大郑线上荒草绝迹,
路肩光又白,
道床洁如洗。
你们,
把解放前这个"烂摊子",
改造得这样彻底,
它已经变成一条平稳、洁净、坚固的线路,
让人民的列车,
在上面安全迅速地奔驰!

1963年11月16日写于济南,原载1963年11月30日《铁道工人报》。

震不垮的战斗集体（朗诵诗）

1976年7月28日凌晨，由济南开往哈尔滨的117次列车，正飞驰在震中唐山附近，列车包乘组当机立断，临危不惧，保护了列车与旅客的安全。为此，济南铁路局党委授予他们"临危不惧，震不垮的战斗集体"的红旗……

亮闪闪，万里铁道大地上排，
铿锵锵，人民列车动地来；
路似长虹，车像彩带，
车轮滚滚汽笛鸣，
飞向茶淀车站来。

突然间，地下走惊雷，
一霎时，火从地上来，
山在颤抖地摇晃，
车厢倾斜向下歪。

人民列车员，人民利益胸中揣，
七百四十名旅客的安危，

一趟列车的国家资财,
顿时,占据了乘务员的整个心灵,
个人生死,却置之度外。
听,铮铮响的誓言,
从列车党支部涌出来:
只要有党支部在,就保列车在,
只要有乘务员在,就保旅客在!
同一个时间,
同一个思想支配,
快,快把车门打开,
快,快把亲人救出来!

冒暴雨,扶老携幼情满怀,
抗地震,车上抢出物资来,
粮不足,稀粥留给亲人喝,
水源断,一滴一滴聚起来。

嘴唇干裂皮绽开,
嗓子冒烟渴难挨,
端起的茶杯又放下,
一杯水传去又传来。
啊,它包含着多少情,
它融汇着多少爱。

抗震灾啊抗震灾，
乘务员把困难脚下踩，
临危不惧的英雄汉，
危难面前好气概。
地震，只能把房屋来震塌，
地震，只能把设备来毁坏，
却永远撼不动，
工人阶级的英雄气概！

暴雨为我洗征尘，
地震对我无可奈，
七百四十名旅客安然无事，
人民列车依然存在。

一轮红日出东海，
党中央的慰问电传下来，
一股暖流心头涌，
人民列车向阳开。
震不垮的战斗集体在前进，
继续飞奔的列车气势多豪迈！

1976年10月写于济南，原载1977年济南市办公室出版的诗集《泉城激浪》。

喊 信 号

声音里蕴藏着巨大的力量,
眼睛里放射出机警的光芒,
遥望着前方的信号,
瞭望、确认、呼唤。

火车头在不停地飞奔,
乘务员的眼睛看到是更远更远的前方,
瞭望、确认、呼唤,
这声音又谱成了安全正点的乐章。

1964年4月19日写于济南,原载1964年5月4日《铁道工人报》。

车站两端的信号

挺身车站两端,
放眼千里铁道线;
喜听风笛长啸,
笑送车轮飞转。

为列车引路,
报安全正点,
铁路畅通无阻,
是你的信念。

啊,信号灯,
你是信号工的双眼,
狂风吹不迷,
暴雨遮不断。

每当北上的列车隆隆开过,
你双眼满含无限情感……

信号灯那束彩光,
来自中南海明亮的灯盏……

1976年12月写于济南,原载1977年5月15日《济南日报》。

司 机

你像一只矫健的雄鹰,
在狂风暴雨里飞腾;
驾驶列车飞奔前进,
分秒不误安全运行。

你呀,像火车头那样,
有一双深远明亮的眼睛;
满腔热血沸腾,
干劲永远无穷。

看,列车似出征的骏马,
又像闹海的蛟龙,
听,列车隆隆如春雷轰鸣,
又多像江水奔腾。

列车飞奔,
满载着各族弟兄,

满载着建设物资，
　　　下乡、进城，直通北京。

1962年3月写于济南，原载1965年4月25日《济南晚报》。

司 炉

手握铁锨炉前站,
脚踏风云飞向前;
和火车头一样——
勇往直前志不变。

狂风挡不住,
暴雨怎能拦;
越过了千重山呵万道河,
浓云密雾一眼望穿!

身在驾驶室,
心怀世界风云变;
一锨煤投入炉膛,
火光中但见红旗漫卷。

1965年7月5日写于济南,原载1965年7月21日《济南日报》,收入1980年山东人民出版社诗集《山东三十年短诗选》。

巡 道 工

不论是烈日当空的盛夏,
还是风雪交加的严冬,
白天,你沿铁路巡行,
夜晚,沿路跳跃着一盏灯。

你有一颗赤诚的心,
一双机警的眼睛,
哪怕是微小的疑点也不放过,
像祖国边境线上的哨兵。

信号灯投下你矫健的身影,
枕木上的脚印胜过繁星,
每当列车驰过你身边,
你像看见社会主义大厦在上升。

1962年3月写于济南,原载1965年4月25日《济南晚报》,收入1980年山东人民出版社诗集《山东三十年短诗选》。

广 播 员

旅客跨进车门，
最先听到你的声音；
你用那亲切热情的话语，
传递着祖国各地的喜讯。

件件喜讯呀，
紧扣着旅客激动的心；
豪迈的乐曲，
伴随着旅客前进。

不管车窗外骄阳似火，还是漫天飞雪，
车厢内却四季如春，
人民的列车呀，
伴送旅客向胜利的征途飞奔。

1962年3月写于济南，原载1965年4月25日《济南晚报》。

列 车 员

春夜,恬静,
列车在原野上飞行;
随着车身轻盈地颤动,
旅客发出舒适的鼾声。

你呀!忙个不停,
刚给小朋友盖好斗篷,
又给老人把衣服披整,
望着人们幸福的面容轻轻走动。

车到站,你扶老携幼,
笑把亲人迎接,
车开了,你递过杯杯热水,
杯内洋溢着友情。

你日日夜夜,
伴随旅客奔赴锦绣前程,

千百万旅客离你远去,
你的形象却永留在人们心中。

1962年3月写于济南,原载1965年4月25日《济南晚报》。

扳 道 员

喇叭传信号,
红绿灯光照,
手握道岔转折器,
为列车开道。

1961年1月7日写于济南,原载1961年1月25日《济南日报》。

调 度 员

眼观四面,
耳听八方,
铅笔握在手,
图纸铺一张。
电话叮当,
话声激昂,
线条不住地画,
铁龙展翅尽力飞翔。

1960年9月22日写于济南,原载1961年1月1日《铁道工人报》。

装 卸 工

腰粗、肩宽,
喊一声号子山颤;
咱装卸工人呵,
能把山搬。

装上去——
红心一颗;
卸下来——
激情万篇。

任凭风雷急,
咱一颗红心永不变;
社会主义大业,
俺用双肩担。

1965年7月5日写于济南,原载1965年7月21日《济南日报》。

养 路 工

镐起,飞腾条条彩虹,
镐落,溅起道道火星。
捣基石,
你为列车铺平路;
换枕木,
你给铁路除蛀虫。
钢轨生辉,
是你思想的火花;
道钉闪亮,
和你的红心相映!
养路工啊——
你像石子一样簇拥钢轨,
紧紧团结在党的周围;
你像枕木一样脚踏实地,
鞠躬尽瘁为了大众;
你像道钉一样闪烁异彩,

激昂的青春火样红!

1976年12月写于济南,原载1977年5月15日《济南日报》。

路

路,闪光的路,
坚实、稳固,
紧系着祖国的城市、村镇,
通向北京,又从北京伸出。

路,幸福的路,
顺着这条路,
去开发矿源财富,
去保卫边疆门户。

路,是史诗一部,
忠实的记录,
写成诗章,谱成乐曲,
中国人民前进的脚步!

1965年8月8日写于济南,原载1965年10月23日《济南晚报》。

第二辑

蓝色遐思

海上日出

大海轻轻撩起
雾霭的帷幔
把睡在海底
摇篮的太阳呼唤
用所有浪涛,集聚
起来的力量
慢慢地,把太阳托出海面

太阳,像一团火球
跳荡在浪尖
炽灼灼
水灵灵
红润丰满
姹紫嫣红的彩霞
在四周烘托
海面上,泛起
金鳞一片

几只海鸥,飞来
向太阳问安
衔几朵浪花,打着旋儿
奉献

太阳一打滚,跳出大海
将海天划一条分界线
大海失去了平衡
掀起波澜
波峰浪谷,拥起
堆堆雪团
海天一色,云中
走飞浪
天海一线,浪中
飞云烟
大海敞开了,坦荡的胸怀
我们又开始了崭新的一天

1983 年 4 月写于青岛太平角疗养院,原载 1984 年第 5 期《大众文学》月刊。

雾天观海

是云？是雾？还是烟
轻飘、慢移、悠悠然

裹着海
遮着岛
缠着山
茫茫不见边
海天难分辨

只听得潮水声声拍岸响
却不见浪花朵朵绽雪莲

吻一吻，甘甜沁肺腑
情切切，舞姿婀娜惹人恋
拂一拂，悠悠缠腰间
意绵绵，欲要握手又不见

一忽儿浓
　　　一忽儿淡
　　　一忽儿聚拢
　　　一忽儿散

　　　眨眼间,雾海撕破一个洞
　　　亮锃锃,海天露出一条线

　1983年4月写于青岛太平角疗养院,原载1989年11月《延河》文学月刊。

夕阳煮海

太阳,抱着炽灼灼的
火球一团
一头扎进,幽静
湛蓝的海湾
煮沸了
一湾碧水
烧红了
半壁蓝天

波涛层层
——堆银积雪
浪花迭迭
——珍珠飞溅
冲击着,嶙峋
而光滑的礁石
洗刷着,坚硬
而松软的沙滩

一个浪花跃上海岸
扯住了游人的衣衫
顽皮地,飞上
甜甜的嘴角
舔一舔,嗬
滋味真鲜

人们正在领受大海
母爱般的温情
大海啊,又把浪花
双手奉献
献给人们一个永恒的朝气
一个轰轰烈烈的
生活场面

1983年4月写于青岛太平角疗养院,原载1987年第1期《先行者》文学双月刊。

夕照归帆

一张巨幅油画挂在西天，
画的命题《夕照归帆》，
滔滔大海被夕阳烧红，
点点渔帆被晚风鼓满。

顺风而行，波涌浪颠，
上下起伏，时隐时现，
远山近水，似动非移，
海天一色，连成一片。

一二朵紫云在船边轻飘，
三四只海鸥在桅顶盘旋，
五六个孩子在浅水嬉戏，
七八枚贝壳在海滩闪闪。

近了，近了，出海的渔船，
远了，远了，霞染的海天，

嬉戏的孩子跳起来迎接,
归来的船队,抛锚落帆。

舱舱鱼虾,欢蹦乱跳,
簇簇人群,喜眉笑眼,
渔家的胸怀能盛下大海,
渔家的日子似扬起的征帆……

1983年4月写于青岛太平角疗养院,原载1984年第9期《泉城》文学月刊。

月夜涛声

是谁轻轻叩唤海滨
无形梦幻的门扇
哗哗震响门上的金环
是谁漫步在静谧
钟爱的夜晚
沙沙惊醒甜睡的海滩

嫦娥闻声,推开
圆圆的天窗
悄悄俯身窥探
不慎,将锦袖甩落窗下
给海滨披一条
橙黄色的锦缎

大海扬起温馨的笑脸
去拥抱
滑润的海岸

去亲吻
松软的沙滩

沙滩,送给浪花
母亲的温柔
海岸,赋予波涛
父辈的勇敢
远航人的情思,融进
浩浩大海
乘月光飞到妻子的
枕边

1983 年 4 月写于青岛太平角疗养院,原载 1986 年第 11 期《海鸥》文学月刊,收入 1989 年华艺出版社诗集《山东诗人诗歌集》。

第三辑

彩色追梦

如今春节乐无边

开天辟地到今天,
朝代更换有若干,
世世代代都一般,
穷人过年如过关。

一年三百六十日,
面朝黄土背朝天,
汗水汇成小河流,
三条肠子空根半。

解放以后生活强,
公社成立甜上甜,
穷人不再愁吃穿,
如今春节乐无边。

1959年1月24日写于济南,原载1959年2月11日《济南日报》。

车床开动一阵风

车床开动一阵风,
"六比"红旗人人争,
争得产品如山高,
争得车间一片红。

车床开动一阵风,
优胜红花挂前胸,
革新花朵开满园,
产品堆得似山峰。

1959年3月25日写于济南,原载1959年3月30日《济南日报》。

耕 种

春雨过,太阳红,
泥土放香软松松。
大队人马齐出动,
社员个个忙春耕。

枣红马,劲头大,
拉犁快跑甩尾巴。
耕得深,耙得细,
种子入土就发芽。

红旗满坡迎春风,
到处歌声飘长空。
歌唱今年好春景,
歌唱领袖毛泽东。

1959年4月3日写于济南,原载1959年4月12日《济南日报》。

集　合

夜半更深人静，
突然声声哨响，
集合大队人马，
支援农村防冻。

田野到处通明，
浓烟直冲云层，
灯火混成一片，
寒霜早已无影。

东方天色透红，
麦苗茁壮青葱。
小溪潺潺欢唱，
欢唱工农联盟。

1959年4月3日写于济南，原载1959年4月19日《济南日报》。

捡鸡蛋（儿歌）

东山下，竹篱笆，
篱笆上面开红花，
老母鸡，咯咯嗒，
咯嗒咯嗒把蛋下，
圆鸡蛋，拳头大，
窝棚底下白花花。

弟弟跑，妹妹跳，
跑来忙把鸡蛋抓，
一个俩，两个仨，
捡呀拾呀堆成山，
妹妹累得一头汗，
弟弟急得眼发花。

阿姨叔叔笑哈哈，
好娃娃呀歇歇吧，

你们个子没多大，
　怎捡公社鸡蛋呀！

　1959年4月18日写于济南,原载1959年5月10日《济南日报》。

夜探"万宝山"

月儿弯弯挂树梢,
夜深人稀静悄悄。
厂房后面一人影,
路灯底下把物找。

是谁深夜不睡觉?
三更半夜到处跑?
走近前去仔细看,
是旋工工长老赵。

旋制配件缺原料,
老赵日夜苦用脑;
深夜想起党的话,
废料堆里来探宝。

金鸡高唱天色晓,
材料已经解决了;

车床飞转铁花溅,
崭新配件闪光耀。

1959年5月8日写于济南,原载1959年5月13日《济南日报》。

喜望丰收追肥忙

五月太阳暖洋洋,
微风吹动滚麦浪,
麦浪起伏闪光耀,
无边麦海把花扬。

麦花淡黄味清香,
麦穗足有半尺长,
社员浮游麦海中,
喜望丰收追肥忙。

1959年5月4日写于济南,原载1959年5月15日《济南日报》。

荒滩变成米粮川

黄河北岸黄沙滩,
千年流沙积平原,
从前无风三尺土,
年年耕种收成歉。

如今车过黄河桥,
一片葱绿现眼前,
桃梨杏树样样有,
沙滩变成花果园。

稻田成方渠水连,
清水绿映胜江南,
人民公社无限好,
荒滩变成米粮川。

1960年3月31日写于济南,原载1960年5月27日《济南日报》。

第 一 镰

不见头也不见边,
金色小麦满田间,
社员一齐奔战场,
书记笑割第一镰。

书记笑割第一镰,
社员挥镰冲向前,
镰镰麦子沉甸甸,
转眼收割一大片。

1959年5月31日写于济南,原载1959年6月5日《济南日报》。

卖 余 粮

大路上，马铃响，
微风阵阵红旗扬，
丰收歌儿到处唱，
车水马龙卖余粮。

卖余粮，卖好粮，
公社收成强又强，
拣出好色金黄麦，
卖给国家入大仓。

1959年6月15日写于济南，原载1959年6月19日《济南日报》。

冬　耕

北风飕飕已立冬,
不日雪飘地冻封。

冻前深翻休闲地,
强似春天施豆饼。

蓄水保墒防春旱,
耕后害虫难过冬。

柴草禾根全还家,
地瓜花生都翻净。

一举数得多收获,
夺取明年好收成。

1960年11月13日写于济南,原载1960年11月25日《济南日报》。

飞车奔城郊

赤日炎炎当头照,
热风吹得口舌焦;
一个骑自行车的人,
嗖嗖——飞驰在城郊。

飞呀飞,
跑呀跑,
车轮滚动尘土扬,
尘土飞扬真像龙一条。

心急快去修水泵,
哪管热汗洒满道。
抽水站上忙一阵,
嗬!水泵嘟嘟禾苗笑。

1960 年 7 月 24 日写于济南,原载 1960 年 8 月 5 日《济南日报》。

书记到食堂

干部下伙房,
书记到食堂,
盛饭卖菜售干粮,
炒菜煮饭战炉旁。

开饭钟声响,
他们更为忙,
餐桌旁边细细问,
饭菜味道香不香?

书记到食堂,
一片新气象,
群众干劲似猛虎,
生产指标直冲上。

1960年11月11日写于济南,原载1960年11月24日《铁道工人报》。

青春的火花

——雷锋同志赞

生命啊,与事业相比——有限,
青春啊,在生命中——短暂,
看来仅有二十二年,
但,您的青春放出永不熄灭的火焰。

因为您最懂得珍惜青春,
所以,对党对人民才有这样的贡献,
从不骄傲、自满,
时时鞭策自己向前,再向前。

"……成绩和进步,都要归功于党,
要记在党的账上。"
"为党为人民,
入火海上刀山,也甘心情愿。"

听,这铿锵响的语言,

表白了战士的忠心赤胆。
它是您青春放出的火花,
在社会主义事业中光辉灿烂。

1963年2月23日写于济南,原载1963年3月11日《铁道工人报》。

手 之 歌

手,
你有我有大家有,
靠着它,
要啥啥就有。

就是这双手,
当年持长矛,
跟着毛主席去战斗,
打土豪,分田地,
千年的奴隶得自由。
还是这双手,
高举红旗大步走,
狂风恶浪何所惧,
革命到底不回头,
热血染得江山红,
祖国的山河似锦绣。

这双手,
扶过犁耙,
驾过"铁牛",
犁得山川美如画,
耕得大地绿油油。
操风钻,
抡锤头,
挥钢钎,
按电钮,
竖井架,
盖大楼,
全靠这双手。

不信,你就看——
长江大桥横贯南北,
万吨巨轮破浪畅游,
内燃机车隆隆驶过,
"银燕"腾空展翅飞翔,
一望无际的煤海,
波涛滚滚的原油,
钢花怒放,
铁水奔流,
人造卫星遨游太空,
《东方红》歌声响彻宇宙……

还是这双手,
紧握钢枪站门口,
保卫毛主席革命路线,
警惕骗子防野狗。
这双手,
同全世界无产者握在一起,
团结一致,
共同战斗,
英特纳雄耐尔就一定要实现,
鲜红的太阳照遍全球!

1972年4月28日写于济南,原载1972年12月22日《济南日报》。

献给五星红旗的歌

五星红旗，
庄严绚丽，
从天安门城楼，
飘扬到中华儿女的心底。

烈士的忠骨把五星凝铸，
先辈的碧血把您染就，
党的阳光把您照耀，
马列主义的雨露把您润滋。

五星红旗啊，红旗，
您穿过坎坷不平的荆棘地，
您闯过浪花飞溅的急流，
礼炮声中，您在天安门城楼升起！

光辉的五星红旗，
您是中华民族的标志，

您是伟大祖国的象征,
您像火炬一样光照天际。

您重新插上联合国大厦,
超级大国也枉费心机;
被压迫的民族举目望您,
您向着风暴最猛的地方致意。

五星红旗啊,红旗,
伟大的旗手是毛主席,
七亿人民沿着十大的光辉路线,
从胜利走向更大的胜利!

1973年9月7日写于济南,原载1973年10月1日《铁道工人报》。

翠柏挺拔

1946年5月,周总理根据毛主席的指示,率中共代表团赴南京,同美蒋反动派进行针锋相对的斗争,住在梅园新村30号,周总理和董必武同志在梅园两棵挺拔的翠柏前合影留念。

翠柏挺拔,苍劲刚毅,
勇斗严寒,昂首挺立,
看着你这高大的身影,
想起了我们日夜怀念的总理。

你幸福地陪同总理合影,
你接受过总理的亲切抚育,
你注视着总理日夜为革命操劳,
你和总理一起迎来一个个晨曦。

我们敬爱的周总理,
身入虎穴,智斗顽敌,
使梅园的庭院增添了光彩,
使梅园的万物有了生机。

周总理以大无畏的革命胆略，
戳穿了马歇尔的诡计，
撕下了蒋介石的画皮，
指出了一切反动派必定灭亡的真理。

周总理以无穷的革命智慧，
粉碎了敌人的尾随侦缉，
战胜了敌人的窃听干扰，
和延安保持着最紧最紧的联系。

啊，周总理历尽艰辛为人民，
笑迎曙光照大地，
似苍松，顶风傲雪万代长青，
像翠柏，永在革命人民心头挺立。

1976年12月30日写于济南，原载1977年1月10日《大众日报》，收入1978年陕西人民出版社诗集《周总理，我们怀念您》。

汽笛声声

去年九月十八日的汽笛,
悲壮、沉痛,令人终生铭记,
是华夏儿女用煮沸的泪水,
把汽笛悲壮的嗓门开启。

她包含着崇高的敬意,
她寄托着无尽的哀思,
她充满了深切的悲痛,
她表达出坚强的意志。

看今日,汽笛伴着飞飘的红旗,
毛主席的遗愿变成现实,
笛声里,悲泪变作喜泪流,
为实现四个现代化长鸣不息。

啊,汽笛,快扯开你洪亮的嗓子,
向着北京,告慰伟大领袖毛主席,

看,蓝天、白云、红日,
　　伴我们抒发出多少豪情壮志!

　　1977年夏写于济南,原载1977年第5期《济南文艺》,收入1978年山东人民出版社诗集《毛主席啊,我们永远怀念您》。

祖国在召唤

亲爱的同志,你可听见,
伟大的祖国正在召唤,
召唤你,召唤我,召唤她所有的儿女,
去谱写气壮河山的新篇。

创造前人未曾想象过的大业,
开发子孙万代幸福的甘泉,
要在两千年的峰顶上,
建造四个现代化的宏伟宫殿。

有什么使命能比这更神圣?
有什么号令能比这更庄严?
有什么目标能比这更崇高?
有什么前景能比这更灿烂?

挑起来吧,
挑起这民族繁荣昌盛的重担,

扬起来吧,
扬起这新长征的篷帆。

我们要用倒海翻江的力量,
闯过一道道雄关,
我们要用揽月捉鳖的气概,
跨越一座座峰峦。

每一个人都迸发出光和热啊,
这是世界上最强大的能源,
它推动着历史车轮加速转动,
永远向前,向前,向前!

九亿大军,浩荡无边,
在社会主义大道上,
战鼓不歇直奔四化凯旋门,
去参加二十一世纪的光辉庆典。

1978年4月26日写于济南,原载1978年4月30日《大众日报》。

我庄重地捧起新宪法

我双手庄重地捧起新宪法,
像看到太阳系里一颗最亮的恒星一样,
她用红太阳的光源热能,
使九亿颗星星都在发热、闪亮。

我双手轻轻地打开新宪法,
似看见天安门上的国徽无比辉煌,
齿轮和谷穗是抓纲治国成果的象征,
五星下放射出二〇〇〇年的曙光。

1978年6月1日写于济南,原载1978年6月18日《济南日报》。

姑娘啊,末班车司机

不要害羞,不要脸红,
不要怕路灯皎洁的眼睛,
没有人会偷偷看你,
若有,也是投向你的无限激情。

不信,你就按一按车笛,
明湖、佛山都会有回声,
姑娘啊,末班车的司机,
此刻,你的心脏定会猛烈跳动。

泉城正在歇息,
孕育着黎明起跑线上的冲锋,
你啊,却用车轮当作卷尺,
丈量着泉城每天前进的里程。

也许你会埋怨驾驶室天地狭小,
不能直接体验向四化进军的心情,

其实,你永不停歇的车轮,
　　正为前进的祖国输送无穷热能。

1982年1月13日写于济南,原载1982年3月14日《济南日报》。

泉城风采（二首）

十字街头

像星星一样多情，
像宝石一样晶莹，
十字街头的信号灯啊，
是交通民警深情的眼睛。

望长街，长街春意盎然，
看路口，路口一片欢腾，
你辛勤地把航道梳理，
你机敏地将闸门开通。

喇叭、银铃，车轮滚滚，
男女、老幼，谦让而行，
走过长街，穿越路口，
秩序井然，礼貌文明。

你啊，交通民警，

理想追着车轮而行,
用青春点燃了透明的信号,
这正是你闪光的心灵。

车流滚滚

泉城的汛期,
到来在晨曦,
洪峰顺流而下,
像把所有的闸门一齐开启。

大街小巷变成车的河流,
急流中的漩涡在交叉路口溅起,
顿时,车轮滚沸了明湖碧水,
顷刻,银铃摇绿了千佛山的松枝。

一辆车子,一朵浪花,
一朵浪花,一份热力,
啊,永不枯竭的车流河,
你是四化能源的发源地!

1982年12月写于济南,原载1983年第1期《柳泉》文学双月刊。

朋友,祝你幸福

朋友,在生活中您最喜爱什么?
对幸福,您又将怎样地解答?
假如把理想和事业暂且不提,
先说一说您这个走向小康的家。

家,仍然是父辈留下来的家,
然而却丢掉了眼泪、苦涩和辛辣,
家,仍然是组成社会细胞的家,
然而却增添了雨露、阳光和鲜花。

这个盈满鲜花和美酒的家,
朋友,您一定会骄傲地自夸,
当然,情投意合的爱人自不必多说,
最喜爱的自然是您那白生生的胖娃娃。

娃娃。对你,对我,对他(她),
都曾经是父母娇惯过的娃娃,

今天咱们这一代又做了父母,
该怎么抚育我们的娃娃?

朋友,您可曾认真的思索吗?
我们今天这一代人的娃娃,
就是二十年后站在四化凯旋门前的,
喝第一杯美酒的爸爸和妈妈。

到那时,美酒该有多少人来分享,
到那时,鲜花该有多少人来佩挂,
酒浓,酒香,花鲜,花艳,
全看我们今天抚育的娃娃。

亲爱的朋友,年轻的爸爸和妈妈,
我衷心地祝愿您有个幸福的家,
待到二十年之后,
您和您的独生子女同饮美酒戴鲜花!

1983年1月9日写于济南,原载1983年第1期《文艺演唱》。

春夜，我漫步在泉城大街

春夜，我漫步在泉城大街，
泉韵、诗情，扑面而来，
温馨的夜啊，折射出生活的美，
恬静的城啊，吐露着人民的爱。

宽阔的马路，笔直平坦，
你可是泉城人坦荡的胸怀？
蓄满了美的心灵，甜的生活，
创建着文明圣洁的新兴时代。

明亮的路灯，竞放光彩，
你可是泉城人天赋的奇才？
包含着爱的追求，高的向往，
开拓着前所未有的物质世界。

潇洒的夜风，淡雅清爽，
你可是泉城人均匀的呼吸？

蕴藏着智的开发,力的奔放,
将出席优秀成果的智力竞赛。

秉路灯,沿马路,乘夜风,
我看到,明湖碧水泼浓彩,
我感到,佛山松柏举画笔,
我想到,趵突搭起赛诗台。

春夜,我漫步在泉城大街,
泉韵、诗情,扑面而来,
不眠的夜啊,孕育着新的黎明,
沸腾的城啊,预示着壮观未来。

1984年2月写于徐州招待所,原载1984年4月《文化月报》。

石臼港初识

平静的黄海之滨
码头上伸出一条巨臂
多角形精湛雕塑的栈桥
与码头构成海上神奇
输煤机和翻车机
正在进入各自的位置

现代化输煤码头,组成
一个庞大的有机体
一手牵着兖石铁路
一手掀动大海的潮汐

这片富庶的丘陵地
石臼人世代养育
如今,不再播种五谷
生长出高耸的立体
楼群的青纱帐

流溢出彩色的喧哗
带韵的艳姿

石臼港,再也听不到
石臼舂米的碰击
若有一丝余韵
也将留作记忆,融进
万吨巨轮的汽笛

1984年6月写于石臼港宾馆,原载1985年第5期《海洋文学》月刊。

刺玫瑰(五首)

广 告

把电视节目裁成碎片
把报纸的铅字挤扁
把广播电台的电波塞肿
把大街小巷啃蚀出七色斑点

王婆卖瓜
只是自卖自夸
张婆李婆
凭着自身有某种效应
跟着感觉走向市场
扁的说成圆
圆的又能说成扁
不管有意无意
都是铜臭熏的神经错乱

名 片

一顶顶时髦桂冠
一个个显赫头衔
吵吵嚷嚷
跳跃在方寸之间

高雅的变得庸俗
文明的化作粗劣
是身价,是地位
也告诉你某种权限

递出去,一张笑脸
接过来,心中盘算
递来递去
是否还有着一份欺骗

敬　烟

吞云吐雾
摆一副得意架势
烟熏火燎
显一个穷酸样子

你丢给他一颗
他递给你一支
公共场合
不分贵贱高低
吸好烟的
自己不掏腰包
掏腰包的
好烟自己吸不起
其中奥妙
你知,他知

且不说吸烟损害健康
也莫论吸烟污染空气
掏腰包的和不掏腰包的
都用烟来寻求刺激

会　　演

社会仿佛像个舞台
生旦净末丑齐来
形形色色的脸谱
各人有各人的心态

正剧——有板有眼
喜剧——见钱眼开
闹剧——把盏碰杯
悲剧——有喜有哀
丑剧——啼笑皆非
哑剧——令人费猜

你别象眼
他踢马腿
你支连环炮
他驱过河卒

唱、念、做、打
掩饰不住内心世界
会演的锣鼓阵阵
看谁能博得喝彩

酒　　宴

酒逢"关系"千杯少
有缘才在桌上来相会
不喝白不喝
别管身体和肠胃
若不是早已"酒精考验"
怎敢在这里频频举杯

酒席宴上能攻关设擂
碰杯声中可应酬解围
喝吧,有的是名酒洋酒
吃吧,有的是山珍海味
花钱算个啥
反正都是出自公费

1993年8月写于济南,原载1994年第1期《先行者》文学双月刊。

拜　年

在这一夜连双岁的日子，
在这五更分二年的时间，
千家万户敞开了喜气盈盈的门扇，
男女老幼迈出了流金溢彩的门槛。

抓着春姑娘飘逸的发辫，
踩响兆丰年纷飞的雪片，
穿梭的车流把大街拥窄，
熙攘的人群把小巷挤扁。

登高楼，进庭院。
叩响一扇扇明媚门第的金环，
昨日你我在一起共事，
今朝大家同换新颜。

拜年、拜年、拜年
亲朋好友相互共勉，

一声声吉祥如意的祝福，
一句句人寿年丰的贺言。

到处是万事亨通，
遍地是事遂人愿。
中华大地人杰地灵，
神州沃土物华天宝。

1996年12月写于济南,原载1997年第2期《文化窗》。

走进春天

什么是春天?
是葱郁的大地?
还是翠绿的山川?
是小溪潺潺?
还是百花吐艳?

不,这些都不是,
君可知,
鬼斧神工的大自然,
那个自命为郁郁葱葱的画展,
总是不厌其烦地举办;
那支春雨惊春明谷天的交响曲,
重复演奏,一遍又一遍。

朋友,坦率地说,
那个画展咱们都由衷的喜欢,
那支交响曲大家也百听不厌,

然而真正的春天是什么？
你可曾细细地感悟？
你可曾深深地体验？

春天属于你，属于我，属于每个人，
春天出自你，出自我，出自每个人，
真正的春天，
翠绿来自生命的心田，
葱郁覆盖事业的田园，
生命永远是绿色的，
事业永远是春天。

1993年2月写于济南，原载1997年第3期《文化窗》。

问道光（朗诵诗）

公元一九九七年七月一日，
这是一个雪国耻壮国威的日子，
此时，我面对爱新觉罗氏的发祥地，
厉声质问卧于土丘之下的道光皇帝，
道光，作为清王朝的一代国君，
可知今天是什么日子？
今天，东海掀起擎天狂涛，
犹如虎门炮声又起，
摄日月，威星辰，撼天地，泣鬼神，
听这声音，你可知耻？

一八四二年八月二十九日，
神州心碎，华夏哭泣，
你颤抖着双手扯来米字旗，
将东方明珠的光彩遮蔽；
你卑躬屈膝敞开了中国的大门，
从此，中国便沦为列强的殖民地。

道光,一百多年过去了,
你游荡于黄泉之下,能否安息?
你可悲的作为怎对得起炎黄子孙?
你肮脏的灵魂怎去见你皇祖努尔哈赤?
我不知你怀着什么样的心态登基,
竟然做出丧权辱国的丑事。
因为你,神圣国土被切割,
因为你,同胞骨肉被分离……

百年耻辱,百年压抑,
百年沧桑,百年尘世,
一百年中华民族的头上,
压着一块沉甸甸的耻石。
这是你清王朝的一出悲剧,
耻辱柱上深深刻着道光二字。

这页历史,已经结束,
这出悲剧,作何解释?
怎么,你冥冥中还以君王自恃?
责备林则徐,祸端禁烟引起。
面对敌舰、火炮,
你只好息鼓偃旗。

够了,无须痴人说梦,

我的诗,是严正的激词,
至于你在历史上能值几何,
史学家自会做出公正的评析。

中华民族已立于世界民族之林,
堂堂正正做人,不亢不卑,
勤勤恳恳劳作,百业兴旺,
和平共处,广结友谊。

喜看今日之神州大地,
遍地是鲜花美酒,
到处是欢天喜地,
香港回归,众所期盼,
一国两制,开创范例。

紫荆花开了,
开得娇美艳丽,
香港水沸了,沸得浪花迭起,
中国人笑了,笑得扬眉吐气,
一部新的历史正在挥毫,
开篇以神圣主权命题。

1997年春写于济南,同年7月参加济南人民广播电台"庆香港回归"征文,获三等奖,并在《月亮河》节目播出。

血浓于水（朗诵诗）

这片圣洁的热土
这方善良的人群
血，鲜红滚烫
情，浓重深厚
志，坚韧执着

硬是以臂膀挽着臂膀
硬是以如桩的双腿
硬是以火热的胸膛
硬是以血肉的躯体

脚踏千重洪峰
笑对万里惊涛
鄙视江水无能
壮我英雄本色

一次次较量

一回回拼搏
拼得江水低头
搏得洪峰无语
悄悄东流去
不敢再回首
留下一江愧疚
撒下一路赞叹

还是这片圣洁的土地
还是这方善良的人群
血在一起流淌
心在一起跳动
情在一起燃烧
生命在一起交融

硬是把一个馒头掰成两半
硬是把一套棉衣分成两件
我吃你也饱
你穿我也暖

蓄金罐里的压岁钱
闪着稚嫩锃亮的童心
牛皮纸包裹的积攒
透出古稀老人爱的奉献

操办结婚的年轻人
推迟了婚期
捐出去,捐出去
捐上爱心一片
一方有难
八方支援
重建美好家园

你、我、他
只不过是个代名词
真心的含义
是中华情缘

1998年8月写于济南,原载1998年第9期《文化窗》。

共和国同龄人

在开国大典的礼炮声中
你焦躁不安地呱呱坠地
长城岭的万古雄风
吹绿的心芽
为你插上理想的翅膀
勤劳勇敢和智慧
铸造出中华魂

脚印迭着先辈的脚印
手臂挽着长者的手臂
去开拓　去耕耘……

　　1999年9月写于济南,原载1999年10月1日《济南铁道报》。

放 飞 春 天

杨柳甩鞭,
唤不醒沉睡的春天,
燕子剪梅,
诱不来迟到的春天,
她羞羞答答左顾右盼,
不知怎样梳洗打扮。

一瞬间就在一瞬间,
山绿水蓝大地烂漫,
三阳开泰五羊兆福,
人欢马叫羊羔儿跳窜。

酸甜苦辣谱春歌,
百味人生写诗篇。
朋友,敞开你的心扉吧,
一起放飞心灵的春天。

2003 年春写于济南,原载 2003 年第 2 期《济铁老年》杂志。

第四辑

多彩人生

蝶 恋 花
团　圆

妙龄芳华嫁崔门，
文弱女子一步涉红尘，
侍祖教子历艰辛，
窈窕淑女情义真。

及笄双岁随夫君，
北大槐树始才立足跟，
半间茅屋亦欣欣，
携手互勉乐臻臻。

（1963年4月）

采 桑 子
蜗居北大槐树 51 号院

初来省城居难觅，
茅屋半间，
油灯一盏，
门窗四壁不挡寒。

檐下众邻如一家，
不似亲眷，
胜似亲眷，
百家姓里皆有缘。

(1964 年 5 月)

清平乐
读私塾

跪拜孔圣,
启蒙《三字经》。
夫子执教鞭领诵,
弟子童心萌动。

寒窗苦读四年,
"四书"囫囵吞咽。
所幸时常温习,
初识经典内涵。

(1982年4月)

长 相 思

怀 旧

人过秋,
喜思旧,
去日不时绕心头,
反复永不休。

梦乡游,
亲朋留,
同学玩伴与挚友,
仍在手牵手。

(1990年3月)

浪淘沙
开火车

离地三尺三，
闯北走南，
推着日月轮回转。
天南地北一线牵，
世人赞叹。

一路在呐喊，
喜笑开颜，
城镇乡村连成片。
和风徐徐艳阳天，
春色满园。

(1996年5月)

卜算子
青岛铁中

朗朗读书声，
孜孜求知梦。
整枝浇灌园丁勤，
恩泽父母同。

铁中校园好，
桃李别样红。
岁岁桃李闹春时，
她心被牵动。

(2003年5月)

手 足 情

数九寒天滴成冰,
驱车三百来泉城。
不顾颠簸古稀身,
为释思兄日夜梦。

仲秋吾身突染疾,
胞妹滨州心牵动。
午来未去依依返,
一片同胞骨肉情。

(2008年11月24日)

七十七岁生日感怀

自古人生七十稀,
而今我逾七十七。
鹤发童颜步履健,
思维敏捷品典籍。

老妻伴我日日臻,
儿孙堂前时时依。
不日添丁曾孙至,
四世同堂耀门第。

(2010 年 4 月)

蝶 恋 花
高密东关小学从教

世间何处最洁净,
唯有校园朗朗读书声。
朗朗书声润心田,
咚咚心声溢真情。

东小从教两年整,
难忘双双求知圆眼睛。
而今学童已变翁,
耳畔常闻读书声。

(2010年9月)

回　　望

七十六年沧桑路，
而今回首花锦簇。
平平坦坦不惊世，
顺顺当当无虚度。

娘亲炉前撵日月，
祖母磨道追毛驴。
童心叫卖锅饼好，
为赚麸皮充肚腹。

庆幸儿时读孔孟，
圣贤滋润吾肺腑。
舞文弄墨铸年华，
文不惊人友广聚。

儿孙堂前知寒暑，
不日四世同堂福。

牵手爱妻享天伦,
喜寿双全增福禄。

(2010年10月)

采 桑 子
赴滨州探望胞妹感怀

惊闻胞妹染顽疾,
手足情急,
携妻探视,
嶙峋之人神智痴。

雍容儿女唱孝悌,
慈母不识,
谁人可知,
孤寂老妪悲凄凄。

(2010年12月)

采 桑 子
住 院 感 怀

病魔撕咬我与妻，
郎中问医，
儿孙护理，
日月轮回日复日。

病榻侧畔有孝子，
调理膳食，
搀扶如厕，
苍天奈何亲情义。

（2011年1月）

浪淘沙
朋　友

朋友喜相见，
感慨万千，
说不完成功经验，
道不尽挫折辛酸，
倾心漫谈。

朋友别亦难，
携手互勉，
扯不开挚友情缘，
望不断道路漫漫，
苦旅烂漫。

（2011年3月）

采桑子
贺爱妻鞠玉芳八十华诞

日月轮回天不老,
人同天道,
人亦不老,
四季常青分外娇。

八十华诞春争俏,
岁岁争俏,
今又争俏,
王母捧出寿蟠桃。

(2011年8月)

望 江 南
思 乡

高密好,
幼时就眷恋。
乡音不改情似火,
一草一木都有缘,
梦里回故园。

(2013 年 3 月)

第五辑

散文寄情

飞奔吧，火车头……（散文诗）

我真挚地喜爱火车头，我热情地赞颂火车头，因为它始终保持着那么一股劲。

啊，火车头，你所以这样气势磅礴，坚韧不拔，是因为你在烈火中熔炼，在铁锤下诞生。你有铁的身躯，钢的筋骨，沸腾的热血，铿锵的脚步，一颗赤心满胸火，浑身热乎乎。

啊，火车头，你所以这样英勇顽强，无畏不屈，是因为你始终沿着正确的路线，飞驰向前，奔腾不息。你专门和时间赛跑，一心和困难搏斗，永不疲倦，干劲十足。

啊，钢打铁铸的火车头，你是铁路工人雄伟形象的写照。

我记得，在那冷风凄楚的岁月，你紧跟毛主席，高举火红的战旗，点燃革命的火炬，放开粗犷的喉咙，高喊着：反压迫，求解放！一呼百应，"二七"大罢工的风暴席卷京汉铁路，震撼了阎王殿、鬼魔窟！

我也记得在那战火纷飞的年代，你遵照毛主席的伟大战略部署，雄赳赳，气昂昂，飞跨鸭绿江，穿枪林，冒弹雨,把粮食、弹药送往前线,中朝人民并肩戳穿了纸老虎!

而今在伟大社会主义的建设行列里,你更加豪情激越,意气风发,满载理想和希望,去开发矿藏,去保卫边疆……

为发扬"二七"革命的光荣传统,你踏着《国际歌》的旋律,乘着胜利的东风,以势不可挡滚滚前进的巨轮,勇当社会主义的排头兵。

啊,奔跑不息的火车头,你日日夜夜,朝朝暮暮,风里来,雨里去,你牵着矿山前进,你拉着煤海跑步,你引来石油河澎湃的激流……

你滚滚前进的巨轮,踏平了乌江飞舞的浪花,踩碎了大渡河急转的漩涡,穿透了云贵高原的胸膛,踏上了大小凉山高低起伏的胸脯,在那浩瀚沙漠的帐篷边,在那茫茫林海的哨所旁,你留下了新的脚印,你唱出了激昂的歌曲……

飞奔吧,火车头,加足马力,放开全速,让喜报和鲜花铺满新的征途!

1975年4月21日写于济南,原载1975年5月11日《济南日报》。

四季人生（散文诗四章）

春

春天是绿色的。

春天,不仅山绿、水绿、天绿、地绿,就连空气中也透出丝丝绿色的气息。

绿,给自然界中的万物生灵注入了新的希望,注入了新的活力和生命。

人生的春天同样也是绿色的。

人生的春天,不仅身心绿、思维绿、智慧绿、举止绿,就连稚嫩的记忆也印着行行绿色的脚印。

我不但爱自然界中的春天,更爱人生的春天。但,春天太匆忙,脚步如流水;春天太稚嫩,充满了天真和无知。

春天的脚步是留不住的,它总是一丝不苟地遵循着时间老人的时刻表悄悄行进。然而,春天的纯洁无瑕和求知本能却是追逐匆忙脚步,克服天真无知的天性。

君不见,热烈的夏、成熟的秋,乃至无愧的冬均来自滴翠葱绿的春。

夏

人生的夏天如同自然界中的夏天。

两个夏天都一样的茂盛,一样的热烈,一样的气傲,一样的执着追求。

在人生这条漫长而又短暂,匆忙而又缓慢,充满幻想而又必须务实的走廊里,正是由于盛夏释放出来的强有力的热能,才为人生的春华秋实涂抹了斑斓的色彩。

人生这条天赋的走廊,并不是神话里面的仙境,里面既有赏心愉悦,也有痛苦忧伤,既有鲜花美酒,也有心酸苦果……

不是吗?走廊里正行进着各种各样的人,他(她)们的脚印有深有浅,步子有大有小,有的弓着背,有的挺着胸,都向着一个极点走去。

尽管构思不同,图案各异,但都在本能地释放人生夏日的热能,以备金秋之用,寒冬自慰。

都会成熟起来的。

秋

收获季节到了。

人生经过滴翠葱绿的培育,经过热烈茂盛夏日的磨砺,一切都开始走向成熟,一切都开始进行颜色的变化。

人生,步入了早秋。

忧伤吗,人生的秋季? 不,这段时光虽则仍然是一个刹那,却是同春夏一样宝贵的刹那。在某种意义上看,它比春夏更为宝贵,因为它要酿制成熟,进行收获。

人生的秋天,表面上看失去了夏日的风风火火,似乎已经不再那么堂皇茂盛,然而,夏日奔放的回音,却在耳边缭绕。更为可贵的是夏日那股子活力已隐隐潜伏,化作内涵。

人生的早秋是金黄的,是喜悦的,是丰富的,是渴盼的。正如茫茫林海,点燃起满树的红叶,坠满压弯枝头的果实。

啊,人生成熟起来了,开始收获了,尽管有的收获并不大,但毕竟不失为自己之奋斗的果实。

冬

冬天是洁白的、是严肃的,冬天也是思索的,也是回忆的。

人生的冬天和自然界的冬天一样,不论是风风雨雨或是风和日丽,不论是坎坎坷坷或是平平坦坦,都一样的按照各自的规律,从春、夏、秋一直走到冬天来了。

人上了年纪总爱思旧。思旧是对青枝绿叶蓬勃向上春光的眷恋,是对热烈气傲盛夏的追溯,是对金秋丰收的评价……

朋友，面对满目洁白、枯枝败叶、一片萧瑟的自然界与本人的内心，你有何感想？是愧疚、是满足、是充实？

朋友，回首往事只要没有虚度年华，只要不是碌碌无为，那就应当置身于夕阳红的光照中慢慢品尝陈年酒的味道，静心体会迟到爱的幸福，真情思索未了情的厚重。

在享受儿孙绕膝天伦之乐的日子里，洁白严肃的冬正孕育着郁郁葱葱生机勃发春的萌动。

1987年5月写于济南，原载1988年第4期《黄河诗报》、1997年第12期《文化窗》。

车轮滚滚

同志,在我们日常生活中,有很多人因为工作需要,经常乘坐火车旅行。你可曾想到那些日日夜夜驰骋在祖国万里铁道线上,输送你去旅行、帮助你去完成任务的机车乘务员的生活吗?

最近,一个偶然的机会,我访问了铁路机务段。在那里,我看到了沸腾的生活,听到了动人的事迹。

在铁路机务段里,没有白天和黑夜的界限,没有节日和假期的区分,不论是大雪纷飞的严冬,还是骄阳似火的盛夏,总是像黄河里的激流,像大海里的浪涛,日日夜夜在欢腾,在喧闹……

白天,刚刚"远征"归来的机车,喘着粗气,吐着白烟,急急忙忙开到煤塔下,开到水鹤边,只见高耸的煤塔放开吊斗,呼啦啦把乌黑闪亮的煤炭将机车装满;水鹤扭动着它那特有的长脖子,张开大嘴,咕嘟嘟向机车水柜里喷吐着清泉,一台台机车,上满煤、加足水,精神饱满地开向转盘。信号员挥动着红绿信号旗,指挥转盘左转右旋。机车在转盘上对准方向,扯开高嗓门,呜!一声长鸣,踏上新征途。夜晚,这里更是别有一番景色——机车前照灯的巨光,纵横交织,照射的整个机务段如同白天一般。机车喷吐出的白烟,被红、绿、黄、蓝各种颜色的信号灯映衬着,变成一匹匹彩色的轻纱,罩在机务段的上空,微风吹来,在轻轻地飘荡,在慢慢地扯开。信号灯有高的,有矮的,有手提式的,不停地变换着灯光的颜色。机务段被装点成灯山、灯海,彩云满天,彩云深处整装待发的机车时隐时现,长鸣的汽笛,在夜空里回荡。啊,机务段在沸腾,在前进!

这里的人们精神焕发,斗志昂扬,他们有着和火车头同样的性格——一颗赤心满胸火,蒸蒸冒热汽;有永远使不完的干劲,有勇往直前的魄力,迎着困难上,顶着风雨跑,拉车永远不松套。

正是这一台台长鸣汽笛的机车,在它的主人——机车乘务员驾驶下,牵引着一列列满载建设物资和旅客的列车,飞江跨河,越岭穿山,日夜奔驰在祖国万里铁道线上。你们看:太原的煤炭,鞍山的钢铁,大庆的石油,大寨的粮棉,还有那长白山的木材,西北草原的皮毛……连同乘务员的心愿都乘着时代的列车去为人们把自己的力量贡献。这里,社会主义劳动竞赛热火朝天,就像那炉膛里的烈火越烧越旺,好似奔跑的列车隆隆向前。

在一个风雨交加的夜晚,我目睹了一对师徒闯高坡,夺高峰,多拉快跑的竞赛。

夜里十一点钟,我提前来到乘务员派班室,等待这场即将开始的竞赛。约莫十分钟之后,我隔窗透过雨帘远远望见走来两个人,看个头,敦敦实实一般齐,看架势,虎里虎气有魄力。他们俩齐刷刷的大步迈着,在雨地里双肩一耸一耸,身后留下两排坚实有力的脚印。

派班员简短地为我们做了介绍。他们俩分别带领自己的副司机和司炉到派班员那里接受值乘命令,就抄写起列车运行注意事项来。这时,我仔细地打量着这师徒俩,师傅叫刘坚,生得浓眉大眼,膀阔腰圆,看年纪刚擦四十,是开了十多年火车的老司机,安全生产的一员"老将"。徒弟叫王磊,长得圆脸大腮,四肢匀称,年纪不过二十五,原先是刘坚的助手——副司机,一个月前经过技术鉴定,才提升的新司机,是多拉快跑的一名"新兵"。为了保证大风雨天列车正常运行,他俩商量好今晚上赛一赛,看谁拉得多,跑得快,安全正点地把列车拉到规定的车站,为劳动竞赛起个促进作用。

"咱们走吧,到车上看看去。"刘坚爽快地向我招呼一声,王磊没吱声,只是憨厚地一笑。我就跟着他们冒着雨向机车停车场走去。

到了机车跟前师徒俩没有马上工作,他们面对面的迟疑了一会,最后还是刘坚对我说:"你愿意跟谁的车?"噢,我这才明白他们俩刚才的意思。是啊,两趟列车在一股铁道上跑,是不能同时进行的,必须有先后次序。刘坚这么一问,我倒犹豫起来了,一时拿不定主意。老实说,我和这师徒俩虽然是初次接触,但是一见面,我就被刘坚那耿直爽快的脾气吸引住了；可是，我也很喜欢王磊那憨厚老成的性格。这时，我注意到王磊那双憨厚的眼睛在恳切地盯着我，他那厚实的嘴唇微微地颤动了几下，好像在说：跟我的车走吧，我保证完成任务！对，跟王磊跑一次车，不仅可以了解他过硬的开车技术，还可以透过徒弟看到师傅拉车不松套的劲头。于是，我决定跟王磊的机车走。

绿色信号灯亮了。

"准备开车！"王磊那憨厚老成的面孔一下子变得严肃起来了。只见司炉大锨大锨地往炉膛里加煤，炉火烧得通红。"开车！"王磊话音未落，随即汽笛一声长鸣，列车徐徐开动了。我听到这汽笛声，一声连着一声，一声更比一声响亮、清脆、雄壮、有力，它好像在向人们宣布：时代的列车要向新的高度冲锋！

我站在司机王磊的背后，透过车窗向前望去，只见天连着地，地连着天，天地之间没有分界线，一片白茫茫，只有机车前照灯的巨光，照亮这条银光闪闪的大道。

列车卷着狂风，狂风追着列车，车轮飞转，一串惊雷滚动，铁道旁边的群山、村庄……像大海里的波浪一般，滚滚向后退去。列车按照预定的时间，正点通过了一个又一个小车站。列车在通过又一个小站的时候，我们看见刘坚牵引的列车在站内停着。大家正在纳闷，忽然，调度员利用列车调度电话传来了一道命令：2571次列车司机刘坚，为了让2573次列车司机王磊在暴风雨前闯上851高坡,主动停车让路。调度员命令司机王磊必须在十分钟内闯上坡去,以争取2571次列车闯坡时间。

原来在出乘接受任务的时候,调度员告诉司机王磊,他牵引的2573次列车是一列满载超轴的援外物资。当时,师傅刘坚用探询的目光看了看徒弟,王磊表示坚决完成任务。而刘坚所牵引的列车,虽然不是援外物资,却也超重超长。

列车正在飞速前进,马上就要闯大上坡了。这时,黑云低压,空气沉闷,刘坚凭他多年行车的经验,预感到在这大雨之后,还会有暴风雨。他想到王磊拉的是一列援外物资,生怕在这困难的环境中发生意外,主动向调度员要求停车让路。

王磊看完调度命令,使劲咬住牙,从牙缝里迸出两个字:"加速!"列车像脱缰的骏马,勇猛向前冲去。突然,机车发出震耳欲聋的声响,我正不知发生了什么事,只见王磊把手向外一挥,副司机呼地站起来,迅速来到司机身旁,一手接过司机手握着并不停前后推拉的一个手柄操作着,腾出司机一只手,全神操纵汽门手把。

霎时,机车停止了震响,列车恢复了正常速度。这时,王磊长长地舒了一口气,轻声告诉我:"风大、雨急、坡陡、路滑、撒砂器供砂不足,车轮空转,必须加大撒砂量。不然列车就会途停!"他说到"途停"两个字语气特别重。我明白了刚才的一切。

呜——汽笛一声长鸣,列车提前两分钟闯上851高坡。

风停了,雨住了,东方升起了红太阳。茫茫的原野闪着霞光。

列车迎着朝阳,披着霞光,汽笛长鸣,车轮隆隆。

列车气势雄伟,威风凛凛,全速前进,驶向新的里程。这是中国人民前进的豪迈步伐,这是社会主义国家飞速发展的伟大象征!

1973年秋写于济南,原载1974年第3期《济铁文艺》。

孙　女

小孙女,两岁半,叫甜甜。

小孙女不仅名字甜、模样甜、笑的甜、说话甜,就连偶尔不高兴哭几声的时候也透出丝丝甜意。

我喜爱我的孙女不单是血缘亲情,还是因为她具有独特天赋惹人喜爱的魅力。

我有晨诵的习惯,在书房里或踱步吟诵,或伏案默读。一到双休日,孙女不去幼儿园,就在我的书房里玩耍。然而,在我诵诗的时候,她却不干扰,只顾自己玩她的玩具。谁知,她不足三岁的幼童在玩耍之中竟把我诵读的一些诗句默默记于心中。

又是一个周日的早晨,我洗漱已毕,正待晨诵,这时儿媳把小孙女送来,和婆婆说了些什么就走了。甜甜一如往常去我书房摆弄她那些宝贝。当我诵读唐人王之涣的《登鹳雀楼》第一句"白日依山尽"最后一个"尽"字刚刚落地,蓦然,甜甜的稚嫩的童音接诵了下句"黄河入海流",我循声望去,只见孙女甜甜依然在玩娃娃丢手帕,神情是那么投入,那么自然。少顷,我便一边留神孙女的举止一边接诵第三句。果然是甜甜,她一边摆弄着她的娃娃一边恰到好处的接诵了下句。老伴闻声从客厅走来静静地站在书房门口并示意我继续诵下去。我便有意识地选诵平日常诵的孟浩然的《春晓》、李白的《静夜思》、《早发白帝城》等七八首,小孙女一如前次我一句她一句的接诵,而且手中还在摆弄玩具。

　　晚饭时,我把此事说与儿子和儿媳,当儿媳欣喜地抚摸着甜甜的小脑袋夸她时,她竟若无其事,不笑也不答。不几天,儿媳请假专程去书店为甜甜买来《看图学唐诗》、《幼儿唐诗三百首》。

　　友人送了我一幅国画悬于客厅。儿子下班将甜甜从幼儿园接回,孙女眼尖,径直走到那幅画面前站定,出神地端详了一阵,便学着我诵读时的样子朗诵起来:"日照香炉生紫烟……"读完之后,她用那双期待的水灵灵的眼睛甜甜的望着我,我立时明白了,她是要得到爷爷的首肯。这幅画虽不是庐山香炉峰的写实,但也有山有水,孙女居然把庐山瀑布移植于此。我想孙女这种触景生情的潜意识可能从《看图学唐诗》得到启蒙,幼小心灵文学悟性由此萌发。

　　一日,晚饭后儿子因事要外出,急匆匆吃了碗米饭便起身,甜甜瞅着爸爸刚刚放下的饭碗绷起红润的小脸朗读起"锄禾日当午……"来了,老伴见状对儿子说甜甜提意见了,儿子倏然一笑,端起碗来把残米吃掉。

　　1999年8月写于济南,原载2002年第1期《济铁老年》杂志。

老　　伴

年轻夫妻老来伴。这是一句寓意深长内涵丰富抒发配偶之间真挚情感的民间名言，凡是组建起家庭的男人女人在相互依存携手追赶日月的旅程中，用脚步叩击出铿锵的回声来酿造钟爱的情谊。

当人生步入耳顺之年这个驿站后，常常回味一下过去的情谊，咀嚼一下而今的美好，对身心健康大有益处。青年时代因工作关系与妻子两地分居，每年靠十四天的探亲假来团聚，直到我们走向不惑之年的时候，一年一度的鹊桥相会方告结束，我们团圆了。我们没有花前月下的卿卿我我，也没有歌厅舞池的浪漫情趣，然而，我们的日子充实，精神富足，生活潇洒。

老伴是典型的贤妻良母型的东方女性，她善解人意，待人宽厚，温存贤良，任劳任怨。无论对家庭还是对社会她总是以仁德为怀，从不斤斤计较。她大我两岁，时常以大姐姐关怀小弟弟的口吻嘱咐这，提醒那。几十年来，我们俩从未拌过嘴，红过脸。我们的生活保持着优美的旋律，和谐的节奏。

十多年前父亲故去，遗下继母孤居无依。不久，老伴主动提出，要接来从未和我们一起生活而性情孤僻的继母同居。就这样，她心甘情愿地接受了对一个老人的侍奉。

相依相助是我们的生活信条，家庭琐事总是你帮我助，争着去做。例如她洗衣服，我就主动晾晒；我若做饭，她便主动刷碗……不料前些日子我不慎把腿摔伤，行动不便，我不但不能帮她料理家务，反而她还不离左右的伺候我，让我很不安。

每当晨曦微露或晚霞夕照我们一起晨练或散步的时候，《夕阳红》这首歌便从心底油然而生。是啊，年逾六旬的伴侣，其生活比陈年的酒更醇更香，其钟爱，比迟到的爱更纯更真，其感情，比未了的情更浓更厚……

2000年11月写于济南，原载2001年第2期《济铁老年》杂志。

悠扬的号子声

一阵清风,远处传来悠扬的劳动号子声,我虽然听不清号子的词句,也无法判断喊号子的人从事何种劳作,然而,那铿锵的旋律,明快的节奏,叩击着我的心弦,一下子把我拉回到半个多世纪前的那段岁月。

我家住在胶济铁路东段,一个紧靠火车站的县城,父亲是这个火车站的装卸工人。1949年6月,青岛解放。不久,胶济铁路全线恢复通车,父亲重回火车站工作。家乡地处胶莱平原,盛产小麦、大豆和棉花。那时交通不便,乡亲们便用马车、小推车把农产品源源不断运到火车站,然后装上火车运往全国各地,支援国家的经济建设。

每逢装车,父亲就和他的伙伴们唱起号子。赶集上店的乡亲们被号子声所吸引,纷纷驻足观看。那时我只有十四五岁,对劳动号子既是新奇又是不解,号子为什么如此粗犷豪放?他们劳动时为什么还要歌唱?悠扬的号子令我魂牵梦绕,我的思绪沿着千里铁路飞升……劳动号子更成为我日后渴望参加铁路工作的动力和向往。

　　装车的场面很壮观。装车时，四人搭肩，每个人牢牢地抓住麻包的一角，这时，其中的一人领唱，三人应和。领唱者相当于发出号令，号令一出，应和者一齐用力把麻包抬起，那扛包的人顺势钻入包下，扛起二百余斤的麻包，踮着碎步，一溜小跑奔向车厢。当踏上搭在车厢上的跳板时，随着跳板的颤动，扛包人一起一伏，但脚步异常稳健，真可谓力的凸显。登上车厢，扛包人肩膀一耸，麻包稳稳落下，包包压缝，码垛齐整。远远望去，恰似在列车上营建的一座小金字塔。

　　劳动号子大多是领唱的人即兴创作，触景生情，信手拈来。合唱的句子固定不变，只是"哎嗨吆啊"一句。解放后人们的思想新、感情新，所编的号子也朴实无华，如翻身得解放呀，当家做主人呀，同志们加油干呀，建设新中国呀等等。父亲告诉我，唱着号子劳动，为的是步调一致，力量均衡，同时也能减轻疲劳。所以每当他们装车完毕，总是乐呵呵的。当然，也与解放后当家做主人的心情有很大关系。而今，铁路装车早已实现了机械化。叉车、吊车替代了肩扛人抬，劳动号子也淡出装卸站台。然而，那些装卸工人的音容笑貌，却永远在我脑海里定格，他们的业绩，也已载入中国铁路发展的史册。还有，粗犷的号子也融进了前进列车的风笛中，音韵更加嘹亮，感召力更加丰厚。

　　就以此文作为对我仙逝二十周年的父亲和对恢复

经济建设时期的铁路装卸工人的怀念吧。

2004年12月写于济南,原载2005年第5期《济铁老年》杂志。